外山滋比古

90歳の人間力

GS
幻冬舎新書
672

まえがき

いまの若い人は自信を失っている。内閣府のおこなった国際調査でそれが明らかになった。日本のほかアメリカ、イギリス、ドイツ、フランス、韓国とスウェーデンが対象である。

「自分自身に満足している」と答えた日本人は四六％で七カ国中ビリ。トップのアメリカは八六％。「自分には長所がある」と答えた日本人は六九％で最下位、一位はアメリカの九三％。

こういう数字は若い人だけのことではなく、大人の社会をも反映しているように思われるだけに深刻である。笑ってはいられないはず。

日本人はもともと見えるものに心を奪われて、見えないものをバカにするところがあり、「日本人は目で考える」などと外国人に言われて喜んでいた。幼稚である。

見えるものだけを追っていれば、常識的になり、心を失うのは是非もない。ものごとをしっかり考え、洞察する力がなくては、これからのはげしい時代を生きていかれないであろう。

90歳の人間力／目次

DTP　美創

この作品は二〇一四年七月小社より刊行された
『リンゴも人生もキズがあるほど甘くなる』を
加筆・修正・再構成したものです。

第一章 失敗からより良く学ぶ力

キズをのり越える努力が、
人を大きくする

無キズはキズに及ばないことが
いくらでもある

青森へ行った帰りに、朝市に寄ってリンゴを買った。キズのあるリンゴを売っているおばあさんがいる。こちらが、

「キズのあるリンゴの方が甘いんですよね」

と言うと、おばあさんが、

「東京の人のようだけど、よくごぞんじです。みんなにきらわれています」

という意味のことを土地のことばで言った。うれしくなってもち切れないほど買ってしまった。

キズのついたリンゴ。なんとかそれをかばおうとして、力を出すのであろう。無キズのリンゴよりうまくなるのである。キズのないリンゴだってなまけているわけではないが、キズのあるリンゴのひたむきな努力には及ばないのか。

人間にも似たことがある。

試験を受ければかならず合格、落ちるということを知らない秀才がいるものだ。

他方では落ちてばかりいる凡才がたくさんいる。もちろん、秀才の方がえらくなるけれども、落第ばかりしていた人が、のちになって、たいへんな力を発揮、かつての秀才を追い抜くことも、ときどき起こる。

若いときに失敗をくりかえすような人は、はじめはパッとしない。しかし、いろいろな経験を重ねているうちに、実力があらわれる。

ちょっとした失敗は人間ならだれしもあることだが、失敗したことのない秀才、エリートは、なんでもないミスで破滅したりする。

K氏は大組織のトップであった。その前は官僚として最高のコースをのぼりつめた大物だった。

あるとき、その組織でちょっとしたトラブルがおこった。K氏は「私は相談を受けていない。知らなかった」と言った。責任回避。トップに相談しないで、できることではないのは内部の者には明々白々である。しかし、苦労を知らないK

氏は、もっともまずい、言いのがれをした。たちまち一般からの非難を浴び、やめたくないポストを投げ出さざるを得なくなった。

K氏がいけないのではない。失敗を知らない、すばらしい経歴がアダになったのである。K氏は幸福すぎたために不幸になった。

H氏は、家が貧しく、小学校すらロクに出なかった。昔だから、そんなことが許されたのであろう。両親が早く亡くなり、いろいろつらい目にあいながら、二十歳になるかならずかのとき世界的発明をした。

ところが関東大震災でハダカ同然になり、さらにあくどい同業者から商売をうばわれるといったこともあったが、H氏は、めげず、へこたれず、努力をつづけて大企業を育てた。

いくつものキズを受けながら、それをのり越えて大器になったH氏は、普通の人間に勇気を与える。

キズなどない方が
いいにきまっている
キズがあって
かえっていいこともあるのが
人間の不思議

わが子を千仞の谷に落とす気概を

親はなくとも子は育つ
甘やかすだけの親なら
なくてもいい

かつて、総選挙のあと、当選した新国会議員の生い立ちを紹介した新聞があった。

いわゆる恵まれた家庭ではなく苦労したらしい人、苦学したらしい人が目立った。

いちばんおどろいたのは、こどものときに親を失った人が二割近くもあったことである。幼くして親に死なれるというのは人生最大の不幸である。その苦しみは限りなく大きい。

しかし、その苦しみがたくましい、力をもった人間を育てたのである。選挙といえばもっともきびしい試練であるが、親のない子はそれをのり越えることができる。

何不自由なく幸福な環境で大事に大事にと育てられた子は、勉強はできても、苦労を知らない。競争すれば、たたき上げてきたのに負ける。

昔の人は考えた。やはり親だけでは人間を育てることはできないと発見する。もちろん親に死んでもらうことはできない。死んだつもりで、よそへ出す。他人のメシを食えば、こどもは、つよく、賢くなる。それで「かわいい子には旅をさせよ」ということわざが生まれた。

そんなことも知らない娘が母親に言う。「ねえ、『かわいい子には旅をさせよ』って言うでしょう。わたし北海道へ旅行したいからおカネ頂戴《ちょうだい》」

わけのわからない母親が、「そう言うわね、いってらっしゃい」と応じる。

わがままいっぱい、ぜいたくな生活をして大きくなればウドの大木である。少し風が吹けばすぐ折れる。

気はやさしいが、力なし。カッコウはいいが、根性がない。親の七光があってもなかなか人並みのことができない。

早く亡くなる親は、かわいい子をおいて、帰らぬ旅に出る。それに耐えて大きくなる子は、すばらしい活力を発揮する。

獅子《しし》は、あえて、わが子を千仞《せんじん》の谷へつき落とす、という。人間にはとてもまねられない？

やさしく、
きびしいのが親の知恵
獅子はわが子を
千《せん》仞《じん》の谷に落とす

敵があってこそ、自分が生かされる

無敵は大敵
無敵では勝つことはできない
ライヴァルがいないと力が出ない

小学校の運動会のハイライトは、かけっこ、徒競走である、というより、あったとすべきだろう。いまどき、かけっこをしている学校は珍しい。

どうして、そんなことになったのか。学校の考えではない。家庭の圧力に屈したのである。

どこで吹きこまれたのか、競争は差別を助長する、よろしくない、うちの子には参加させない。

そういう親が多くなって、学校に迫った。信念の欠けた、ことなかれ主義の学校が手もなく世《よ》迷言《まいごと》に降参、かけっこはとりやめ、代わりに盆おどりの出来そこないのようなものをさせる。すこしもおもしろくない。

いじめがひどくなったのは、かけっこが消え出したころと符合する、と言う人もある。かけっこは、なくしてはいけないのだ。

かけっこをきらう人は、勝つ努力をしないくせに、競争に負けることを怖《おそ》れるのである。負けるのが、どんなに、いい経験になるか、ロクに苦労したこともない人は知るべくもない。

味方ばかりの中にいては、進歩向上がない。敵の中に入れば、自然に力がわいてくる。負けまいという闘志も頭をもたげるだろう。そういう敵は好敵手である。

あるスポーツ選手には、どうしても勝てない相手があった。何度試合しても負けるのである。その人は、ときに、あいつがいなくなってくれたら、と思うこともあったという。

この世は不思議なことがおこるもので、その好敵手が思わぬ大怪《おおけ》我《が》で競技を続けられなくなってしまった。願いが叶《かな》ったように思った選手は、ライヴァル消滅によって、急に力を落としてしまった。それまでの記録はライヴァルあってのものだったのだ。

ある月刊誌のはなしである。

左翼思想の横暴をチェックするのを使命に創刊された。それから三十年、敵と目した左翼がソ連崩壊もあって急に力を失った。保守的な雑誌にとって好機到来のはずで、世間もそれを期待した。

ところが、事実は、逆であった。ライヴァルが衰退するのに合わせて、この保守系雑誌も勢いを失い、廃刊に追いこまれた。敵があって生きていたのである。敵がないと危ない。無敵ほどおそろしい敵はない。無敵はまさに大敵である。

ナンジノ敵ヲ愛セヨ、か。

ひとり相撲《ずもう》は相撲ではない
競争をきらうのは弱虫だ

己を知ることは、
敵を知る以上に難しい

もし敵を知れば、
戦争などとても始められない

中国の哲人が

「敵ヲ知リ己ヲ知レバ百戦危ウカラズ」（孫子《そんし》）

というようなことを言ったという。古来、はなはだ有名である。のんきな人は、敵のことをよく知っており、自分のこともよくわかっていれば、何度、戦っても、必ず勝つ、といった意味だろうと考える。

敵を知ることがいかに難しいか、敵をもった身でないとわからない。一度や二度でなく、何度も敵をもってみないと、敵がいかにおそろしいものか、なにをやらかすか、の見当もつかない。敵の手の内がわかったり、出方を予測するなどということはまず、不可能なのである。

もし、本当に敵がわかったら、こわくて戦う気にならない、あるいは、バカらしくて戦う気がしないだろう。敵を知って戦いを始めるのは、よほどのあわてものである。心ある人なら、争いなど始めない。

敵を知る、などと軽々しく言ってもらいたくないのである。たいへん難しい。古来、本当に敵を知った人がどれくらいいただろうか。知ったように思い込んでいるだけのことである。だいいち、本当に敵のことを知っている人はどこにもいない。教えてくれる人もない。どうして知ることができようか。

もし、敵を知ることができれば、戦争なども始まらない。争いをすれば、百戦百勝まちがいなし。つまり夢である。

己を知れば、などとかんたんに言ってもらいたくない。敵を知るのは難しいが、己を知る困難は、敵を知る難しさの比ではない。

ギリシアの哲学者は「汝《なんじ》自身を知れ」と言った。禅では「脚下照顧《きやつかしようこ》」と言うらしい。どちらも、人に命じているのであって、自分で己を知っているわけではない。

この世でもっとも難しいことのひとつが、〝己を知る〟であろう。

自分を知るくらいの聡明さがあって、敵と戦う愚をおかすとは考えられない。

つまり、戦争にならない。しない戦争なら勝つこともないし、負けることもない。

「敵ヲ知リ己ヲ知レバ百戦危ウカラズ」は、かなり非現実的なことばということになるが、己を知るのが、かんたんなことのように思わせるとすれば、罪つくりの名言と言ってよい。

人間の目は、前方を向いている。

自分を自分で見ることはできない。

そこで、親切な人が鏡をこしらえた。鏡があれば自分の姿を見ることができる。

うっかりすると、鏡が映し出す己は、左右が逆になっていることに気づかない。

鏡では、本当の自己を知ることができない。それで合わせ鏡が考えられたが、すたれ気味。

人間はまだ、本当に正しく自己を映し出してくれる鏡を手に入れていない。知よ、おごるなかれ。

己を知るは超人
敵を知るは達人
凡人はなにもわからず戦って敗れる

多忙な人ほど時間の使い方がうまい

忙しい人ほどヒマがある
仕事のない人は年中、多事多忙
閑居すれば小人《しょうじん》でなくとも不善をなす

忙しい仕事をもつ人は、めったに約束の時間におくれたりしない。これといった仕事もしていない人が、おくれる。ヒマだから、おくれるのである。

ヒマな人はなにごとも、時間をかける。

有閑の老婦人、毎日、優雅な時間をすごして多忙である。かわいいメイが避暑地からハガキをよこした。返事を書きたい、と思う。

思い立ったはいいが、アドレスがわからない。家の住所ならわかるが、避暑先からのハガキをしまい忘れたらしく、探しても出てこない。汗だくになって探し当てて、やっとハガキを書く段になる。さて、なんと書くか。長い手紙より、短い手紙の方が難しい。手紙の名人だったイギリスの劇作家バーナード・ショーは〝きょうは疲れているから、長い手紙になります。ごめんなさい〟という手紙を書いた。気力が充実していないと、ハガキを書くのは難しい。

このおばあさん、気力は充実していないし、時間はたっぷりあるのだから、短いハガキを書くのに、さんざん苦労、何枚も書き損じを出してやっと書き上げる。この間、一時間。

さて、投函《とうかん》となる。出がけになって、日傘をもっていこうか、どうしようかと思案して時間をくう。ポストは近くだが、道草をくったりしていて、帰ったのは半時間後。

忙しい人ならハガキ一枚は五分もあれば充分、三分くらいで書き上げて一人前である。有閑老婦人は、一枚のハガキを書くのに半日かかり、へとへとに疲れて、ひとやすみが必要になる。

「田舎の学問より京の昼寝」ということわざがある。時間の妙を知らない人がふえて、このことわざの意味がわからなくなってしまった。辞書を見ても、トンチンカンなことが書いてある。

田舎の学者は時間がある。その時間を目いっぱいに使い、朝から晩まで勉強する。他方、京、都の学者はなにかと忙しい。学問一途とはいかず、あれもこれも俗事が山積している。たいへん忙しいが、勉強も手早い。だらだら時間を空費するようなことはなく、さっさと仕事を仕上げる。思いがけないヒマができるから、昼寝でもしようとなる。

ヒマな田舎の学者より忙しいマチの学者の方が、時間のゆとりができる。忙しい人ほどヒマがあるというのが、「田舎の学問より京の昼寝」の意味である。本当に忙しい仕事をした人でないとわからない。

ヒマのありすぎる人は、することにこと欠いて、とんでもないことを仕出かす。「小人閑居して不善をなす」という。善をなすには忙しくなくてはいけないのだから、下手《へた》なヒマは退治しなくてはいけない。

忙しい人でも悪いことはするが、ヒマな人ほどではない。

ビジネス（仕事）は〝忙しいこと〟を語源とする。

時間をムダにせず、
仕事をさっさと片づける

教師と生徒の車間距離

教えるものと教えられるものの年齢差は
二十年以上、三十五年以内がのぞましい
先生と生徒の年が
くっついていてはおもしろくない

T先生は評判の小学校の先生だった。小うるさい親たちも、先生には心酔しているみたいだった。同僚からも羨ましがられるほどだったが、実は、ひとつ悩みがある。

小学生のひとり息子が、どうもパッとしない。勉強もふるわない。

あんなりっぱな先生で、よその子はうまく育てるのに、肝心のわが子がどうしてうまく育てられないのだろう。そんな噂《うわさ》をする親たちもいた。T先生は、つらい思いで、そんな噂を耳にして心を重くしたのである。

先生が悪いのではない。こどもがいけないのでもない。親と子がすこし近すぎたのである。T先生はおそらく自覚していないが、学校で教えるこどもたちより、ずっと近い関係でわが子に接していた。親子の距離が小さすぎると、子は親の圧力で小さくなる。ストレスを受けて自由を失い、成長することができにくい。

学校での生徒と先生の距離を保てれば、家庭でも、よりよき父親となり得ただろう。

人と人は近ければ近いほどよいなどということはない。近いものは、近いものに、よい影響を及ぼすことができない。フランスの哲学者がそう言っているが、真理をつくことばである。

学校を出たての新人教師はハリキっている。こどもの前で「キミたちといっしょになって勉強しよう。先生ではなく兄貴だと思ってくれ」などとイキがるかもしれない。こどもとの年齢差が小さすぎる。教師として致命的ハンディである。それに輪をかけるように年齢差を縮めるようなことを言ったりするのはものがわかっていないのである。もののわからない人が人の子を導くことは難しい。

若い教師が若ぶるのは悲しむべき誤り。逆のことを考えるべきだ。若く見られてはいけない。服装なども、すこし地味に、きちんとしたものにする。

昔、田舎の医師が、若いくせに金縁のメガネをかけ、上等な洋服を着こんで患者に、この先生、かなりの年輩かと錯覚させるような工夫をした。のんきな学校の先生よりよほど人間を知っていたのである。

師弟の年齢差が大きくなくてはいけないというが、大きすぎてもまずい。上限三十五年。十歳のこどもにとって、のぞましい先生との年齢差は二十年以上、三十五年以内という見当がつく。

生徒との年の差が五十年にもなったら、教師生命はないと言ってよい。実際は、それくらいまで勤めなくてはならず、こどもとの距離が大きくなりすぎる。

教師は本能的に年をとっても老いてはいけないことを知る。老いることがおそい。同窓会でサラリーマンの同級生と比べれば歴然とする。教師は不老である。高齢化社会での生き方を示すことができる。

歴史上に残る名師弟関係は、多く、この二十年以上、三十五年以内の枠におさまるようである。それを昔の人は、「三尺下がって師の影を踏まず」と言った。

心にくい知恵である。二十年以上、三十五年以内というのは親子の年齢差に近い。生徒は教え子、先生は育ての親である。生みの親と年が近いのは自然の理というべきか。

年が近すぎると
トラブルになりやすく
生徒にとって
先生がえらく見えない
えらくない先生に
教わってはコトだ

失敗が人をつよくする

スポーツは失敗・負ける体験をするためにする

こどものときから、失敗してはいけない、と教え込まれている。だんだん、失敗を不当なまでにおそれて、失敗しないようにと心掛けていて、いつしか勇気を失うことがすくなくない。

失敗をおそれて、競争をきらい、みんななかよく遊びましょうなどという教育を受けていると、ひ弱な人間ばかりが多くなる。

勝ちたいが、負けるから、したくない、という弱虫がふえると、競争に負けるのが実際以上に不幸であるように思われる。失敗恐怖症は恵まれた環境に育った人たちの間に顕著である。失うもののないような生き方をしていれば、負けるのがそれほどこわくないから、ひょっとしたら勝てるかもしれないと意欲を高める。そして成功をおさめる。失敗しても、平気で、次のチャンスをうかがう強さをもつ。貧しきものは幸いなり、である。

O君とH君は、小学校の同級生で、トップを競うライヴァル。ともに名門中学校の入試を受けた。結果、H君合格、O君不合格だった。O君本人よりもまわり、とくにお母さんが悲しんだから、O君もつらい思いをした。

O君は三年後の関門の高校に挑戦することにして雌伏。三年後、みごと難関の高校に合格して、H君と再会した。かつての好敵手だったH君は、三年をのんびりではないにしても、普通にすごし、成績は中位だった。高校へ入ったO君ははじめからH君よりずっと上位になった。失敗をバネにした努力がむくいられつつあったのである。

高校を卒業し、大学進学になって、両者の優劣はさらに際立ったものになった。中学入試に成功したH君は、競争のはげしい大学を受験することができない。やさしい大学に入ったが、友達に会うのがつらかったらしい。

一方のO君は国立大学、しかも、もっとも難しいとされる医学部を受験、みごと一発で合格した。

高校卒業後、O君とH君がどうしたか、知る人もないが、H君としてはもっとも会いたくない相手だったにちがいない。O君がつよくなったのは中学入試の失敗からであるのははっきりしている。

高貴な方の手術に成功して〝神の手〟とあがめられたA教授は、大学医学部入試に三度挑戦、三度とも失敗。やむなく私大に入学した。A教授は、失敗にめげなかった。人のしない努力をして、世界的な名医になった。かつて受けて落ちた大学の教授たちはA教授に勝った人たちである。すぐれた技術をもっていただろうが、不合格だったA教授に頭を下げて、援助してもらった。失敗はたいへんなことをやってのける力をくれる。もし、A教授が志望大学に現役で合格していても、同じくらいの名医になれたかどうか。

昔の人は言う。「若いときの苦労は買ってもせよ」と。いまどき、苦労を売ってくれるところがすくないから買いたくても買えない。

それではならじと生まれたのは（日本ではなくヨーロッパだが）スポーツである。

単純な人は、スポーツは勝つためにあると誤解するが、実は、負ける経験をするのがスポーツである。

いくら努力しても負けることがある。くじけず、努力をかさねて捲土重来《けんどちようらい》を期す。そしてしばしば勝つことができるが、またすぐ負けになる。これをくりかえして、スポーツマンシップを身につける。

失敗ほどつらいことはないが
成功のもとだと考えて歓迎する

近いものほど見えにくい

子は親にしばしば、よい影響を及ぼすことができない

水を発見したのはだれであるかわからないが、サカナでないことははっきりしている。そういうことばがある。サカナは水にあまりにも近いからである。近くのものは見えなくなるのが人間である。子は親にとってもっとも近い存在であるが、そのために、ほかの人にはよく見えていることが目に入らないのである。イギリスのことわざに、「わが子を知るは賢き親なり」というのがある。これは、賢い親ならわが子のことがよくわかる、という文字通りのことを言っているのではなく、どんなに賢い親でも、わが子のことはわからない、という意味である。わが子のことはわからないが、よその子ならよくわかる、のである。

その道理をわきまえる親はすくない。

こどもがよからぬことをする。親が呼び出されて注意される。たいへんな権幕でまくし立てる母親がいる。

「うちの子に限って、そんなことをするはずはありません。悪い仲間にそそのかされてやったにちがいありません……」

灯台もとくらし、と言うが、いつもいっしょにいると、見えなくなってしまう、のが人間らしい。とにかく近いのがいけない。

いまは天下景勝の地となっているところも土地の人が言い出したのではない。よそから来た人の〝発見〟がきっかけであった例はいくつもある。

ふるさとはなつかしい。

ふるさとへ帰りたいと思って都会で暮らしている人はふるさとを訪れるのを楽しみにする。しかし、実際、ふるさとへ帰ってみて、本当に楽しかったというのは普通ではない。うっすらした幻滅に疲れて戻ってくるのが多い。

なつかしいのは、遠くはなれているからである。近づくのは賢明ではない。

〝ふるさとは遠きにありて思うもの〟

近いものはうとましく
遠いものに心ひかれる

相反することを
両立させるのが人生の知恵

この世はひどく複雑
一筋なわでいかないことが
いくらでもある

昔の中国、楚《そ》の国に、矛《ほこ》と盾《たて》を売るものがあって、この矛はどんな盾でも貫き、この盾はどんな矛でも通さないと言ったところ、それを聞いた人に、その矛でその盾をついてみよ、と言われて困ったという故事（「韓非子《かんぴし》」）から〝矛盾〟ということばが生まれた、とされる。一方を認めれば、他方は誤りになる。両方が本当のように考えるのは誤りであるとするのが矛盾である。

どんな盾でも貫き通す矛を認めれば、どんな矛でもつき通すことのできない盾はあり得ないことになるのは理の当然である。

故事の商人が、矛と盾をいっしょに売っていたのがいけない。別々に売っているのだったら、矛の商人が「この矛で貫けない盾はない」と言うことは、すこしもおかしくない。それくらい鋭い矛だということで、キャッチフレーズとしては正当である。「ときと場合によっては、突き抜けない盾があるかもしれません」などと言うなら買い手は逃げる。

「Aである」ということは、「Aでない」ということと同居することはできない。別々になっていれば、どちらも正当、妥当である。

気温二十度は夏なら涼しいが、冬なら暖かである。十五度を、涼しいときめつけることができないように、これを、暖かときめつけることもできない。

プラスがあるのだから、反対のマイナスがあってはいけないということはない。両者は別々に存在する。しかし、同時、一カ所において、プラスとマイナスは共存し得ない。

「渡る世間に鬼はない」ということわざがあるからといって、人間すべて、よい人ばかりと思い込んだら、ひどい目にあう。それで、「人を見たら泥棒と思え」ということわざがある。

この二つの相反することわざは、両立、共存し得る。一方のみを認めて他方を無視すれば、たいへんなことがおこる。

仕事をするのに、ゆっくりするのも大切。だからといって、ぐずぐずしていてはいけない。急ぐ必要がある。それで、ゆっくり急げ、が矛盾ではなく、生きる教訓になる。

単純なものなら一筋なわで
しばることができても
丸い球をしばることはできない

本当に賢い人は、
愚をよそおって他者を喜ばせる

人間は賢い人やりっぱな人とばかり
付き合っていると、
おかしくなる
それにもっとも早く気づいたのは、
昔の王侯貴族、権力者たちである

フール（fool　バカ）は、バカなことを言って主人を喜ばせるのが役目、わが国では茶坊主といったこともある。すこぶる気をつかう役目だから、バカではとてもつとまらない。すばらしい能力があっても、それを秘して愚者をよそおうのはたいへんな知恵を要する。

そんな人間がそうそういるわけがない。重役として、主君にかかえられるのは、たいへんな出世である。すぐれたフールを得た人物は、りっぱな仕事をすることができる。

一般の庶民にそんなぜいたくの許されるわけがない。しかし、フールはほしい。手近なところに家族がいる。これを代用フールに見立てて、愚妻、愚息、愚娘《ぐじょう》などと呼んだ。そういう時代は、家長たるものの仕合わせであった。世の中が変わって、愚息などと呼ばれることに反発するのがあらわれて、家長のユウウツは始まる。

人間にはフールを求めることができなくなって、ペットを飼うことを思いつく。人間のフールは、口をきいてうるさいが、イヌやネコは口をきかないから、ありがたい。されるがままにしていてくれる。

動物はどうも、という向きは芸能スポーツのファンになって、タレント・選手をフールの代用にする。これは遠い存在で、じかに口をきくことがないから、フールの代用になる。かれらの演ずるところ、競争するところをながめていると、浮世の憂さを忘れることができる。

大きな企業になると、幹部には秘書がつく。秘書の当面の務めは、スケジュールの調整とか庶務の処理だが、すぐれた秘書は、主人に対して、フール役をこなす。すぐれたフールはやがて、大をなすのである。しかし、すすんでフールになろうとしている秘書はいないのではないか。エリートの泣きどころのひとつか。

カネを出して
バカ話のできるものを雇う
英語ではフール（fool　バカ）と
呼んだのはおもしろい
庶民にそんなぜいたくは
許されないが……

病弱・長命という生き方もある

風邪はありがたい
再生の喜びで明るくなる

タケシとヒロシは田舎の小学校のときからのなかよしで、いつもいっしょに遊んでいた。
タケシは丈夫で、学校を休んだことがない。ヒロシは逆によわくて、よく学校を休む。ことに寒い季節になると、しょっちゅう風邪《かぜ》をひいて寝込んだりする。タケシがおもしろがって、兵隊へ行く前にあの世へ行くぞ、などとからかったりした。ヒロシも、そうなるかもと思ったりした。

それから三十年、タケシが生命保険に入ろうとして健康診断を受けたら、思いもかけない病気が見つかった。それまで健康を売りものにしていたタケシはショックを受けて、元気がなくなり、ぐずぐずしているうちに、まだ還暦まで何年もあるというのに亡くなってしまった。

あとに残ったヒロシが、どうしてタケシがあんなに早く死んだのかと考えて、タケシは健康すぎたのがいけないと考えるようになった。

ヒロシはたえず風邪をひく。風邪は治る。やがてまた風邪をひく。ちょうど信号の多い道路を走るクルマのようで、スピードを出すこともできない。走り出すと、すぐまたストップ。ほうっておいても安全運転になる。事故などおこすわけがない。

かたやタケシは、高速道路を走るクルマのようなもの。信号もないから、飛ばせる。ブレーキをかけるのを忘れるほどである。ところが、一般道路へおりなければならないこともある。しかし、高速のときの走り方は急に変えられない。信号を無視して走るから、大事故を招き、いのちを落とすことになる。

そう考えて、ヒロシは風邪に感謝するようになった。そのおかげで、いつまで生きるか、と言われた弱虫が、病気知らずよりもずっと長生きをしている。ありがたいことだとヒロシは思う。

しかし、実際に風邪をひくと、気が滅入《めい》り、なにもする気がなくなってしまう。

そのたびに、風邪はひきたくない、と思う。

ひいた風邪が治るときがすばらしい。世の中が明るく見える。なんでもできる、という気力がわく。再生という気がする。やはり風邪はありがたい。

ひょっとして、神の贈りものかもしれない。

ときに、よわいものが
つよいものより
つよいことがある

第二章　厄介なことを忘れる力

気長にかまえ、チャンスに飛び出す者が勝つ

トップはつらい
永くつづけていると、
思わぬエネルギーを失う
それに気づくころには、
トップではなくなっている

Sは大秀才である。一学年六クラスある小学校で、全学年を通じて、断トツの成績であった。

字を書かせると大人顔まけの美しい字を書き、黒板に書いた字を見て、担任の先生が、あの側《そば》に字を書きたくないね、と言うほどであった。同学年の者は、みな、あれは別格だと思っていた。

昔の中学校は多くの小学校からよくできる生徒が入ってきたが、その中学校でもSは秀才の名をほしいままにして卒業。高等学校を経て大学に入ったが、大学では、それほど目立った存在ではなかったらしい。旧友には、「十で神童、十五で才子、二十《はたち》すぎればタダの人」ということわざを思い出したものもあった。

大学を出ると人気企業に就職したが、とうとう役員にもならず停年になってしまった。

Tは S と同学年のごく地味で目立たない生徒であった。中学を出ると二流の専門学校を経て、二流の企業に就職した。大学卒でないためにいろいろ苦労したらしい。課長になったと思ったら、閉鎖するかどうかという部門の責任者にされ、みんなから、あれで終わりだと思われた。

Tはがんばった。命がけで、再建を考え部下と心を一にして火の玉のように働いたという。そして三年、奇蹟《きせき》がおこった。まったく新しい製品の開発につなげて廃部のきまっていた仕事に花を咲かせて、〝英雄〟になり、大学出を尻目に、副社長にまでなった。

まだ副社長になる前、Tは S といっしょに中学校で勉強したOに向かってこう言った。

「トップはいけない。たいてい後ろの者に抜かれる。いったん抜かれると、抜き返すすべを知らない」

「学歴がものを言うのは三十五まで。それからは力くらべだ。学歴がよいと、臆病になる。虎穴《こけつ》に入って虎子《こじ》を得るというようなことは考えない」

「先頭を走るのはつらい。風圧を受け、追い上げが気になる。それで疲れる。後ろからついていくのは、気が楽だ。力をためて、チャンスがあれば一気に飛び出す。

とにかく、若いうちに人生を占うことはできない。しかし、トップより後続の方が、チャンスは大きいのははっきりしている」

はじめはカスんでいた方がいい
気軽に走っているうちに、
思わぬ力が噴き出す

エンジンを止めてはいけない

年中無休で働くのを
非人間的だと考える人が多いが
考えちがいをしている
休むとかえって疲れが出る

昔の奉公人。いまのサラリーマンとちがい、休日というものがなかった。年中無休。盆と暮れに数日の休みをもらえばいい方であった。

それでいて、過労死ということもすくない。昔の人がつよかったからではなく、下手に休まなかったためである。

人間も仕事をするキカイのようなものだが、キカイは同じ調子で動いているのがよろしい。止めたり、動かしたりをすると故障になりやすい。リズムを刻んで順調に作動しているものを不用意に停止させるのはいけないことである。休みなど、すくないほどいいということになる。

そう考えると、週休二日、などがたいへんよからぬことのように思われてくる。

学校のこどもにとっても、学校週五日制は、本当はありがたくない。休むと調子がくるうのである。

月曜から火、水と学校へ通っているとリズムが出る。そこへ週末二日の休日がやってくると、生活が停止して、リズムが消える。月曜になって、エンジンをかけるのがたいへんつらい。学校が好きでない子は、本当に腹が痛くなったりする。

不登校というのが、すくなかったのは、ひとつには休みがすくなかったからである。

学校が好きでたまらないという変わった？子は別にして、月曜はありがたくない。こどもだけではなく、大人だって、月曜はブルー・マンデーと言うくらいである。

長い夏休み明けの月曜がもっともおそろしいから、ブラック・マンデーという名をつけたのはヨーロッパの大学生だった。

不登校の始まるのは、月曜日だと言われるし、工場などの事故も、ほかの日より月曜に多いと言われる。やはり、休んだあとがいけない。

おそろしい休みを味方にするにはどうすればよいのか。休みのすごし方が問題であるのは、はっきりしているが、多少の工夫ではどうにもならない。

どうも、休みを忙しくして、ふだんとはちがったことに夢中になるのがいいらしい。これだと疲れを忘れて新しい活力がわいてくる可能性がある。

休まなければ、
疲れることも忘れる
厄介なことは忘れるに限る

ダマされる人、ダマされない人

いつの世にも
人をダマしてもうけようとする
人間はいる
ということは
ダマされやすい人間が
いるということである

ある人は、何度もサギにかかりそうになったが、その都度、見抜いて、難をのがれてきた。こどものときの経験のおかげだという。

この人が小学生のころ、村のお祭りで、年に一度か二度しかもらわない、こづかいを使った。

多くのこどもの集まっているところで、おじさんが、

「これからは科学の時代だよ。科学はレントゲンがないとできない。それがこれだ」と言って、前の子にのぞかせて、

「どうだ骨が見えるだろう？」

ときく。こどもがうなずくと、

「そのレントゲンが五銭だ」

とおじさんが声をはり上げる。ちょうど五銭をもっていたその少年はさっそく買って帰る。

うちで実験？してみると、なんでもかんでも同じに見える。

それではじめて、インチキにかかったと思ったそうである。だれにも言えることではない。ひとりで口惜しいと思う。あのじいさんをつかまえてやりたくても、あとの祭りだ。

大きくなってからも思い出してはいやな気持ちになっていたが、あるとき、目がさめた。

あのじいさん、なかなかいいことを教えてくれた。ウマい話は信じてはいけないことを、実地に教えてくれた。それで、どれほど用心深くなったかしれない。セールスがやってきて、「これはとっときの話。かならずうまくいきます。保証します」と弁舌さわやかに勧誘する。五銭のレントゲンの教育を受けたこの人はニヤニヤしながら、

「ボクだったら、そんないい話、もったいない。見ず知らずの人間に話したりし

ないがね……」

孫をカタる電話でサギにあった老人が、

「声が変だと思ったけど、風邪ひいていると言うもんで、つい信用して、やられてしまった」

と言うのをきいて、五銭のレントゲンさんが、

「うちの孫、風邪ひいたって、そんな声は出さないよ、と言ってやればいいんです」と言うと、やられたおじいさんが答える。

「そんなことが言えるくらいなら、やられたりはしません」

年をとってからでは手遅れ、なるべくこどものときに、小さなインチキにやられておけば、あとあとが安全である。

昔の人の言った「若いときの苦労は買ってもせよ」ということわざをもじって言えば「こどものときの痛い目は賢い大人を育てる」となるだろうか。

よい育ちをした人は
ダマされやすい
どうせダマされるなら
こどものときがいい

幼いこどもがかわいいのは天の配剤

子から親への愛が不足がちだからこそ、孝行で補う必要がある

このごろ、わが子を虐待したり、暴力を加えて、死なせてしまうケースがときどきニュースになる。

かつてなかったことで、いまの人間が悪くなったのだと考える人もあるが、もともと、わが子をいじめ、ひどく叱る親がいたのであろう。だからこそ、生まれて数年のか弱いこどもが一生でいちばんかわいいのである。それでいくらかでも害を避けられる、という大きな摂理かもしれない。

イギリスのある女流作家が、こんなことを書いている。

親子は互いに愛し合うが、同じではない。親は子をたいへんつよく愛するけれども、子の方は、それほどには親を大事にしない。だから、親は、たいてい、子が充分に親の愛情にこたえてくれない、と感じている。こどもの親に対する愛情は足りない、……というのである。

親子は同じように愛し合っていると考えている人には、この作家のことばは軽いショックを与えるが、案外、当たっているかもしれない。

それだからこそ、子には、親をありがたく思い、大事にする孝行ということを教えたのである。親への愛が不足がちだからこそ、孝行で補う必要がある。子がみんな親を大切にしたら、孝行などという教えの必要はない。

幼い子が一生でいちばん、かわいい、美しい顔をしているのは、わが子を充分やさしくかわいがらない親のいることを前提にしているのである。やさしくない親でも、食べてしまいたいほどかわいく、愛くるしくあれば、こどもにひどいことをするのがためらわれるだろう。それを見越して、こどもを可憐《かれん》にするのは天の配剤で、このごろのようにひどい、おそろしい親があることをお見通しなのであろう。

戦後、わが子にひどいことをする親がふえてきたのは、子が親に充分やさしくないことに対する仕返しかもしれない。

孝行などということばすら知らないいまの世の中、鬼のような親があらわれるのは無理もない。親は覚悟をきめなくてはならない。
そんな中で、こどもの数がどんどん減ってきた。少子化は社会の大問題であるが、家庭にとっても大大問題である。ひとりっ子なら子だくさんの子よりもかわいいはずだと考えるのもまた見当がちがっている。

こどもに対して過大な期待をかけることで、こどもを圧迫している。その期待が過度になるとこどもを虐待、こどもへの加害という形になってあらわれる。いくらかわいい顔をしていても、きき目がない、そういう子がふえてきているのではないか。こどもは訴えることを知らないから、哀れである。

学校でのいじめに神経をとがらせる社会が、家庭でのいじめに無関心であるのは、あまり感心できることではない。

自分の子をかわいいと思わない親はない
というが本当だろうか
ときにはそう思わない親もいる
だからこそこどもは
幼いとき、一生でもっともかわいい

相手を思う大人の心

客のことを考えるのが
サービスである
カネもうけの方法として
サービスをひけらかすのは
いやしい商売である

商売をする人はいろいろ客へのサービスを考える。

いい考えがないから、ほかの人の考えたことをまねる。近ごろ人気のあるのはポイント商法で、買いもののたびにポイントがたまり、いつかはそれで買いものができる。もとは航空会社の乗客サービス、マイレージから始まったものらしい。

しかし、本当のサービスは忘れられている。消費者もサービスということを考えない。ビジネスはおくれている？


初老の婦人が店へかけ込むようにコンビニに入ってきて、店員をつかまえて、「トイレはどこ」ときいた。

店員はひとこと「トイレはお貸しできません」で撃退。客？はスゴスゴ出ていった。トイレを使わせてもらえば、義理にも何か買っただろうに、その人は足早に店を出ていった。どこへ行くのか、見ていて、気になり、店の不親切に腹が立った。

長い間、コンビニやスーパーではトイレを使わせてくれると思っていた。実際に試みたことはないが、普通の商店にない、いいサービスだと思っていたから、この店の対応がおもしろくなかった。

年をとると、トイレが近くなる。我慢ができない。それで、したい外出も控えるという人がすくなくない。

コンビニができて、トイレを貸してくれるときいて、そういう高齢者がどんなに喜んだかしれない。

そのコンビニで断られたら、途方にくれる人がいるにちがいない。コンビニはやさしさに欠ける、サービスの精神がない。

コンビニはアメリカから渡来した商法だが、英語の本場・イギリスでは、コンビーニエンスには、トイレ、公衆便所の意味のあることを知らないだろう。

コンビニはトイレを貸さなければ、すこしもコンビニではないのである。

客にトイレを貸せば、きたなくよごす。きれいにするには人手がいる。カネがかかる。使わせないに限ると思っているのだろうが、サービスはカネがかかるものだ。

このごろ鉄道の駅にチリ箱、ゴミ箱がなくなった。テロ事件のあと、安全のためと称してそれまであったチリ箱を廃止して、そのままになっている。「ゴミは自宅へお持ち帰りください」とアナウンスする電車もある。人間はゴミを出すもの、ということを知らない幼稚人間たちで電車は走っているのか。

サービスの心を失った商売に未来はない。

人はトイレに行き、
ゴミを出す生き物である

冷静に公平に自分の後を考える

ワンマンは人のうらやむ身分だが
次のワンマンをつくることが
きらいなのか
後継を考えず
世襲にしたがる

一代で大をなすのは異能である。気力、知力、体力などがかね備わっている人の中で、運のいい人がワンマンと言われるようになる。

ワンマンは飛ぶトリを落とすくらいの力をもっているが、悲しいかな後継者がいない。

いないのではなく、つくりたくない、のである。後継者はいわばライヴァル。いい後継者ができれば、ワンマン失脚である。それでわざと?後継者づくりを怠るのである。

Nさんは戦後日本においてもっとも目ざましい出世をした経営者のひとりである。

小さな商店主から身をおこして、日本一の流通企業を築き上げた。

すこぶる聡明な人だったが、自分のあとを継ぐ人間がなくてはいけないことを考えなかったらしい。息子が跡継ぎになるものと考えていたとすれば、マチの商店主と変わるところがない。

親が息子を教育するのがいかに難しいか、この経済界の英雄は知らなかった。普通に育てたのだろう。親が偉大だと、〝普通〟がアダになって、弱い二代目をつくりやすい。このワンマンは、うっかりしていたのだ。

どうも息子の力が足りない。すぐ跡継ぎにはできないから、外部から優秀な人材を招く。

その人が力をつけてくると、親として息子のことが心配になり、なんとか難くせをつけてやめさせてしまう。

こういうことを何度もした。その非にワンマンは、まったく気がつかなかったらしいが、世間が許さなかった。社会的信用を失い、事業も失って、没落した。

Hさんもやはり、一代で財をなした英雄であるが、後継について、しっかりした見識をもっていた。日本の実業界で希有《けう》なことである。大企業の総帥である。なんでもできないことはない。当然、あとは息子に譲るものと見られていたのに、Hさんは、あえて、息子を自社へ入れなかった。並のワンマンには考えることもできない英断である。会社は社長なきあとますます発展をとげた。

ワンマンがワンマンである間に、どこか抜けたところができる。跡継ぎ選びはその最大のものである。世襲ということがどういうことか、しっかり考えるワンマンは暁天の星よりもすくない。

ワンマンにならない、のがもっとも賢明な道であるかもしれない。

ワンマンは一代限りと
覚悟をきめたとき
スーパーマンになる

頭からダメときめて、
中身を吟味していない

われわれ日本人は、見た目を大事にする中身はわからなくても見た目がきれいなら信用する

台湾から来ている留学生が、日本人のことを笑った。まだ八百屋《やおや》が普通だったころだが、店先に黒ずんだバナナが一山いくらで安売りされている。それを留学生たちは好んで買っている、と言った。

「黒い斑点が出るころが、バナナはいちばんおいしいのに、日本の人、気味悪がって食べない。店では棄《す》てるよりは、というので、安売りします。おかげでわたしたち、うまいバナナを安く手に入れられます……」

それはそうかもしれない。見た目のいただけないモノを食べる気がしない、という人がすくなくない。頭からダメときめてしまって、中身を吟味することがない。

外見にダマされて、ひどいものをつかむことも多いわけである。

ブルーノ・タウトというドイツの世界的建築家は、鋭い日本文化の観察者だっ

たが、

「日本人は目で考える」

という名言を残した。頭で実質を判断するのではなく、見たところの印象でよし悪《あ》しをきめる。目で考える、というのである。考えるのが目中心なだけではなく、味をあじわうのも、口ではなく目であるという人間がすくなくないから、黒いバナナを腐ったバナナと思って手を出さないのである。


日本料理も、目で食べる人間向きになっている。見た目ははなはだ美しい。もちろん味も悪くはないが、外見に及ばないことがある。料理だけでなく、食器にも凝る。椀《わん》や皿を食べるわけではないが、りっぱな什器《じゅうき》に盛られたものは美味だと感ずるのが日本人らしい。

料理なら外見にダマされても、大したことはないが、人間となると、笑っていられないことがおこる。

美人はずいぶん得をする。イケメンもいい目にあう。それほどではない人はたいへんな損をするのである。

選挙につよい人を見ると、多くが、ハンサムだったり美人だったりする。見た目のパッとしない候補者は、たいへん苦労する。日本のデモクラシーを低くするものがあるとすれば、まず、面喰《めんく》い人間をあげなくてはならない。

腐りかけのバナナがもっともおいしいのは、面喰い人間にとってよい教訓である。

黒いバナナは美味。
外見にだまされて
ひどいものをつかむ

知らない方が幸せなことがあって、
人生はおもしろい

知らぬは、ときに、
たいへんな福である
何でも知らねば損だという人間に
ロクなことはない

夏の日、富士五湖をめぐって走るバスに、小学一、二年とおぼしき男の子がお母さんにつれられて乗っていた。

雲が切れて太陽がふりそそぐ右手の間近に、巨大な黒い影の富士がおおいかぶさるように迫っている。お母さんが子に、

「そら、富士山よ」

と言う。こどもはすこしも動じないで、

「あんなの、富士山なもんか。ちがう！」

と言い放った。まわりの乗客が、おもしろそうに目を向ける。それを意識してか、お母さんはすこし、あわてたように
「富士山ですよ」

「ちがう。あんなのウソの富士山だー」

と動じる気配がない。

「富士山ですよ。ウソだなんて、いやな子ねえ」

と言ったままだまってしまった。

少年があんなにつよく、富士山を否定したのにはもちろんワケがある。絵本などで、雪をいただいてそびえる遠景の富士である。バスから見える逆光、近景とは比べものにならない。同じであるはずがない。

SとTは同じ大学、同じ学科の親友だった。戦争中で、すべてのものが不自由だったがSのうちが食料品関係の会社の幹部、食べものには困らなかった。SがTを誘って、同じ下宿で生活をした。毎日、夕食はいっしょだった。

夏になりかけのとき、SもTも体調を崩した。熱っぽい日がつづいた。Sは気にして大学病院を受診した。Tはそれほどではないからと行かなかった。

診断を受けたSは、結核重症、即日帰郷、絶対安静を命じられた。その通りにしたSはそれから三カ月しか生きていなかった。

一方のTはずっとぜんそくをわずらっていたから、すこしくらいのことでは医者へ行かない。ぜんそくはそのころ医者の手に余るものでなにもしてくれない。Sからたいへんなことを言われたあとも、案外、のんびりしていた。いよいよ暑くなると体調不良もおさまった。

それから三十年して、Tははじめて健診で胸部レントゲン写真をとった。

担当の医師がTに向かって、

「三十年くらい前にひどい結核をやったでしょう?」

「そんな覚えはありませんが……」

「いや、相当しっかりした結核をやりました。その影があります。固まっていて心配はありませんが……。自覚がないというのは信じられません」

Tはまったく知らずに結核にかかり、知らないうちに重症になり、知らないうちに治癒したらしい。本人まったく自覚がない。もしSといっしょに病院へ行っていたら、いっしょに死んでいたかもしれない。

そう思って、Tは〝知らぬが福〟ということばをこしらえた。

このごろの人間は
〝知る権利〟があるとうそぶく
権利はいいが
乱用したらロクなことはない

たったひとことのホメことばが
人生を百八十度変える

ホメればブタも木にのぼる
ホメられた人間は天にのぼる？

人を育てるにはホメるに限る。ということは、あまり広く知られない。教師でも、教育とは叱ることなりと考える人が多い。

学校で実験をする。

一クラスをA・B二つに分けて、同人数、学力もほぼ同じにしておく。テストをして、Aグループは点を見せず、各人に、よくできた、とデタラメにほめる。Bグループにはめいめい採点した答案を返す。

これを数回くりかえして、Aグループも採点してみると、Bグループよりずっとよい点になっている。このように根拠がなくても、ホメられると成績がよくなることをピグマリオン効果という。

ギリシアの昔、ピグマリオンという伝説上の王様がいた。彫刻の名手で、あるとき彫《ほ》った女人像がすばらしい美女。王はこれに恋し、結婚したいと神に祈る。祈りがとどいて彫刻が生身の女人となり、王は結婚して幸せになったという。ピグマリオン効果は、これにちなんでつけられたのである。

ノーベル化学賞を受けた田中耕一さんもホメられたのがきっかけで大科学者になった。

小学五年だかのとき、田中少年は理科の授業で、実験をしていた。担任の澤柿《さわがき》教誠《きょうじょう》先生は、生徒の机の間をまわっていた。

田中少年は先生に「これどうして、こうなるのですか」と実験について質問した。先生はびっくり、「先生にもよくわからない。キミ、すごいね」とホメた。

このひとことで、田中少年は科学志望をかため、その通りの道をすすみ、大業績をあげた。田中さん自身、そのことをよく知っていた。

ノーベル賞を受けて帰国すると、空港から澤柿先生宅へ直行、受賞報告をしたといわれる。

ホメことばの力はかくも大きい。

厳しく叱れば人は成長すると、
だれが錯覚したのか？

ケンカも辞さないほどの覚悟が道を開く

火事場のバカ力、ということばがある
いざとなると
日ごろは思ってもみない
力が出るのが人間である

講演がうまいというので評判のある学者がこんなことを言った。

招かれて講演に行く。迎える側は大事なお客だから、いろいろ気をつかって、下へもおかぬもてなしをする。なれていても、なんとなくいい気分になって、向こうの人と軽口をたたいたりする。

そして、「それでは、お願いします」と言われて、壇上にのぼる。はじめから気合いが入らない。気が抜けたようである。控室でおしゃべりしたのがいけない、話の前に歓談するのはまずい、というのである。

それにひきかえ、なんとなく、そっけない、あるいは失礼な迎え方をされることもないわけではない。講演の前で、いく分、気が立っていたから、おもしろくない。ハラの立つこともある。講演そのものがいやになる。

ところが壇上、話しはじめると、勢いがいい。思ったことがぽんぽん飛び出して、気分も上々。先刻、不愉快に思ったときの気持ちがエネルギーとして噴き出しているみたいだ、というのである。

それで、私はかつての恥ずかしい経験を思い出した。

若くて、出版社の嘱託《しょくたく》をして生活していたときである。その出版社がアメリカ人の本を出すことになり、契約書を交わす段になった。正社員の連中、英語でやる仕事を敬遠、嘱託が駆り出されることになった。

契約書を持参してP女史のオフィスを訪れた。

大学財団の理事としてアメリカから派遣されていたらしいが、そんなことはアルバイトにとって問題ではない。

書類を見終わった女史が、このままではサインできない、と言う。なぜかときくと、この中には海賊出版を禁ずる項目がない。日本は国際的に悪名高い海賊出版国だときいている。その予防措置を明記すべきだ、と言っているらしい。よくわからぬくらい早口だ。

海賊出版を禁ずる条項を入れる必要はない。出版社と著者の利害は一致しているのだから契約事項にならない、と私がたどたどしい英語でのべるが、女史は、自分の父は弁護士で、疑問のある書類には決してサインするなと教えられた。この契約書には疑問があるから、サインしない、とがんばる。

自分でもびっくりするくらい怒りがわいてきた。敗戦国だと思って見さげるな。英語が下手だからといって、バカにするな。こちらの好意がわからないのは敵だと思ったら、胸がすっとした。

「この契約を改めることはおことわりします。つまり、この出版はとりやめにしましょう」

と言ってしまった。そんな権限を与えられていたわけではない。帰ったら社をやめればいいと覚悟をきめる。

しばらくだまっていた女史は笑顔になって「キミの言うことはわかった。私が悪かった。これにサインする」と言うから拍子《ひょうし》抜け。

戦争中に勉強した英語である。読むのはとにかく、話すのは苦手である。法律をふくむ交渉など、できる柄でないことは自分でもわかっていた。必死でぶつかり、本気でケンカをしようと思ったのである。それがあっけない幕切れでびっくりした。

それから何カ月かして、女史からクリスマスパーティの案内が来た。手書きで、「貴君の話をききたい」とあった。アメリカ人がすこし好きになった。

ハラを立てると、
とんでもない力がわく
心頭滅却すれば火もまた涼し
ケンカくらいなんのその

指揮官が多くては、物事は前へ進まない

「船頭多くして船山にのぼる」の
意味のわからない学生がいくらでもいる
なかなか優秀な学生が
船頭が何人もいて力を合わせて
船を山までかつぎ上げた、
という意味に解釈した

ある大学の英文科は歴史のある月刊誌を発行、市販していた。担当の編集者が亡くなって、後任がない。学科の教師が相談して合同編集という手を考えた。六名の教師が、ひとり一冊ずつ編集する。Aが一月号、Bが二月号、Cは三月号、四月号はD、Eが五月号、Fが六月号というように分担、めいめい独自自由に編集をすすめるということになった。

人によって、仕事のスピードがちがうから、あとの号の方が早く進行したりして印刷所を混乱させたが、先生たちはめいめい勝手に仕事を楽しんだ。

五月号担当の人がとくに敏腕で、三月号と同じくらい早く出来てしまった。表紙も出来上がった。それで印刷製本が戸惑ったのであろう。三月号に五月号の表紙をつけて印刷してしまった。これでは売りものにならない。何十年もの伝統をほこったその雑誌は、編集者が多くして廃刊に追いこまれた。

ひとりでいいのに、何人も手を出してはロクなことにならない。

病気になるとかかりつけのお医者へ行く。患者のことをよく知っているから、適切な診断を下す。

これを頼りないように思う人は大きな病院へ行く。はじめての患者だから、ちょっとしたことでも、検査する。そのデータを見て診断する。納得できない人がいる。そういう人のためにセカンド・オピニオンを求めるのが新しいと考える人がふえる。

ほかの病院へ行くと、ちがったことを言う。さあ、どちらが正しいのか、シロウトの患者にわかるわけがない。

もう一カ所、診てもらおうと、別の病院へ行く。そこではまた別のことを言うことがある。

患者はいっそう迷うことになる。カネと時間をかけて混迷を買うことになるのである。

昔からこういうことはあったのだろう。イギリスには「医者の見立てが食いちがったらきめ手がない」(When doctors disagree who shall decide?) ということわざがある。

自分の行為は偽善ではないかと疑ってみる

むやみと病気見舞いをしてはいけない
心にもない見舞いは虚栄であり
いやしい自己満足である
そう言って、
病気見舞いをしない人もいる

かりにフジ氏としておく。独創的な頭のもち主で、おもしろいことをしたり、言ったりするが、まわりの人はひそかに変人扱いをしている。

そのフジさんが、病気見舞いの多くは偽善的だと言って、「オレは正直ものだから、そういういやしいことはしない」とうそぶいている。

見舞いに行く人は元気、健康である。それを見せつけるつもりはなくても、自分は病気でなくてよかった、と思うことはあるにちがいない。自分が病気でないことを病人に見せつけるのは残酷である。病人に向かって自分の健康を誇るようなところがあれば不徳である。

いずれにしても、見舞いは、見舞う側にはある種の満足感を与えるが、病人のためにはならない。その証拠に、病人が重篤《じゅうとく》な状態になれば面会謝絶になる。

見舞いをするのは気持ちのいいものである。病気の人に対して申しわけない、というので、気の小さい人が、つぐない、として見舞いの品などをもっていくことを考え、多くの人のならうところとなった。

つぐないをしなくてはならないことはしない方がいい。そっと平癒《へいゆ》を祈る方がずっと心やさしい――フジさんの考えだ。

見舞いをしないくらいだから、葬式などへ行ったことがない。死んだ人をいくら拝んでも生きかえるわけでもないし、香奠《こうでん》をつつんでも亡くなった人には届かない。

香奠は生きている人間が、死んだ人に対して、「申しわけありませんが、生きております。ごめんなさい」という気持ちで捧《ささ》げるつぐないだ。フジさんはそう信じて、人から悪く言われてもまるで意に介しない。

そういうフジさんも人間である。先年、ちょっとした病気で入院。おもしろがって見舞いたがる人を断るのに苦労した。そして年来の見舞い不要説をあらためて確認したという。

フジさん、もう年だ。いずれお迎えがくる。葬式はしてくれるな、ひところまではそう言っていたが、このごろ心境の変化を来《きた》して、「どうとでも、好きなようにしてくれていい。オレはあの世だから、関係がない」とうそぶいているとか。

あの世にいってしまえば
もう関係ないことも多い

第三章　欲を半分にする力

よい我慢はしても悪い我慢はするな

恵まれた環境に生きている人間ほど
不平や不満が多い
あれがいけない、これも困ると言って
愚痴《ぐち》ばかり

快川《かいせん》和尚《おしよう》は武田信玄が師とした禅僧である。自分が火に包まれたとき、平然として「心頭滅却すれば火もまた涼し」と叫んだという有名な故事がある。快川和尚の発明ではなく、もとの詩句は中国の「碧巌録《へきがんろく》」に見える。わが国では快川和尚の名とともに伝えられた。

普通の人間に〝心頭滅却〟することは難しい。雑念、欲望をすべてすててしまえば、人はもはや人でなくなるだろう。

ただし、その心事を解することはできないことではない。

心頭滅却はムリでも、我慢はできる。すこしくらいの暑さなら死ぬことはない。ぐっとこらえていれば、一陣の涼風がないとも限らない。

ちょっとしたことで、へたりこんでたいへんだ、助けてくれと言う人間のふえるのは末世である。

この世には悪い我慢とよい我慢がある。

よくない我慢をしていると、ストレスが生じ、心をむしばみ、体をそこねる。

よい我慢は、たまったストレスを、然《しか》るべき目標に向けて発射、発散するのである。古《いにしえ》の人は、これを発憤と呼んだ。ストレスのないところ発憤はない。発憤なくして飛躍はない。

恵まれた環境に生きる人は、我慢ということを知らない。それで発憤もなくじりじり衰えていく。

そう考えると、戦国の武将山中鹿之《しかの》介《すけ》が、「われに七難八苦を与え給《たま》え」と天に祈った心がわかってくる。幸いなるものは、不幸。不運なるものには我慢、発憤ということがあって、人間的成長をとげることができる。

努力もしない。我慢もしない
夏は暑い、
冬は寒いと言ってさわぐ
そして本当に生きることを
忘れる

〝当たり前〟と思えばおごりが生じる

なれはおそろしい
なれるとたいていのことが
気にならなくなる
悪いことになれたらおしまいである

このごろはすくなくなったが、かつては夜行寝台列車がたくさんあった。宿泊と移動を兼ねるのだから便利である。

とにかく走行中の列車である。寝台はあるが、騒音と振動で寝られるものではない。

たいていの人がそう考えるが、なれると、列車が走り出すとすぐ眠れるようになる。そしてしばらくすると、目がさめる。列車は大きな駅で停車、静まり返っている。うるさくガタゴトと走っているときは眠っていたのが、どうして、揺れず、音もしなくなると目をさますのか不思議だが、多くの乗客が、そういう経験をするのである。

走っている列車の振動、騒音はかなりのもので、当然、眠りの妨げとなるはずである。ところが、昼の疲れもあって、早々と眠りに入る。ふだん寝つきの悪い人も、寝台車ではかえってよく眠れる、ということもあるらしい。

大きな停車駅で、音も振動もぴたりとなくなる。びっくりして（？）目をさます。いかにも理屈に合わないが、実際はそうである。

こちらは外国のはなし。

冬の寒い街角に、ハダカ同然の住所不定の男が立っていた。通りかかった紳士が、

「それでよく寒くないね」

とたずねると、宿なしのいわく、

「ダンナだって、顔は吹きさらしだぁ。あっしら、体中が顔みたいなもんだ。ハダカだって寒くなんかありゃしない」

と答えたらしい。

紳士は一本とられたが、新しいことを教えられた（モンテーニュの『エセー』

に出ているはなし）。

顔の皮があついのかもしれない。なにしろ生まれてから一度も顔に着ものをきせたことがない。顔は吹きさらしになれている。

顔に比べると、手足はそれほど露出になれていないから、足にはソックス、手には手袋をつける。靴をはくためもあって、足はたいてい年中、靴下をはいている。日本流では正式には足袋《たび》をはく。手袋は真冬でもつかわない、という人がいるが、厳寒の地では、手袋は必須である。

そう考えると、顔はいかにも健気《けなげ》である。顔袋などきいたこともない。

あきらかに健康を害するのに
喫煙者は煙を吸って
いい気持ちになる

一日は〝夕べ〟から始まる

朝のうちはぼんやりしていて
夜になると活発になる
夜行性の人間がすくなくない
古いタイプ、太陰暦人間である
かたや朝型人間もあるが、
数がすくない

学校の生徒、大学の学生は、なんとなく、勉強は夜するものと思っている。世間全体が夜行性であるから、おかしいという反省もない。昔からそうであったらしく、本は夜、読むものときめ、蛍《ほたる》の光、窓の雪をたよりに本を読むと、歌にも歌った。照明がないのに、夜、本を読むのは愚かなことである。そうは思わなかったのは、夜が一日の始まりであったからである。太陰暦的思想だ。月齢によって暦《こよみ》をつくる。

ゆうべ（夕べ）ということばがある。もとは、その日の夕方のことであったにちがいない。一日は夕べから始まった。太陽暦、つまり、太陽によって時間、日をきめるようになって困った。つまり夜中に日付けが変わると、夕べは、きのうの夕べになる。

なお、今日の夕べという語感が残っていて、すこしわかりにくい。ヨーロッパでも同じこと、もとのことばで to-morrow、to-day、to-night は、それぞれ朝、ひる、夜の意味であった。ところが、一日が夕方から始まるようになって、to morrow と to night は別々になる必要があった。to-night は今夜だが、to-morrow は明日ということになった。クリスマスがもうイヴの十二月二十四日の宵祭《よいまつ》りであるのは、太陰暦の名残《なご》り。クリスマスは二十四日の夕方から始まった。二十五日の夕方はクリスマスではない。

そういう太陰暦と太陽暦の二元性は現代でも地方では残っている。新正月に対して旧正月というのはこのごろ廃《すた》っているが、お盆を八月にするのはなお生きている。朝型人間は太陽暦型人間であるが、新米である。夜型の方が、数も多くて優勢である。朝のうちの仕事がのろい、仕事が残って、残業を当然のようにする。企業も残業手当を出すから、残業をあてこんでゆっくり仕事をするサラリーマンがふえる。

「朝飯前の仕事」ということを言い出したのは太陽暦型人間だったであろう。そういう人は残業などしなくても仕事をこなせるが、多数の太陰暦型人間と歩調をあわせて、残業をして体をこわすのである。

「早起きは三文の得」と言ったのは太陽暦型人間であろうが、本当に、いいことがあるのか、考えていないにちがいない。

朝型人間が社会の主流を占めるようになれば、人間はすこしばかり進歩するだろう。二十四時間無休で稼動するコンピューターに、宵っぱりの朝寝坊が太刀《たち》打《う》ちできるわけがない。残業でかせいで喜んでいるようでは、人類の明日はない。

夜になって仕事をしたり
勉強すると体も頭もいためる

大いに泣いて、大いに笑う

ストレスは目に見えない悪玉である
それにやられて苦しむ人が
年々ふえている
おそるべき悪玉、
カナダで発見された不調

いま、日本人の多くが、腰痛に苦しんでいる。高齢者よりむしろ中年の、ことに女性に多いという。治療がうまくいかないのは、原因がはっきりとらえられていないからであると考えられるようになっている。

外科的な不具合でおこるのではなく、心因性ともいうべき腰痛が急増しているという。

ストレスのために腰痛になるのである。新しい疾患である。ストレスをとり除くには、いまのところ有効な方法がないらしい。

ストレスは、二十世紀のはじめに、カナダで発見というか、発明された不調である。年とともに、その怖るべき作用が明らかになっている。ストレス性の腰痛などもごく最近になって一般に知られるようになった。これまでの緩和の治療が役に立たないのである。

ガンの原因にストレスがあるのではないかというのは、かなり以前から、シロウト考えでも言われていたことだが、おどろくのは、糖尿病もストレスによっておこっているものがあるということである。

そうしてみると、ほかにもストレスがモトでおこっている疾患があるのではないかと考えたくなる。

問題はどうしたらストレスにやられないようにするかだが、刺激の多い現代生活において、ストレス・フリー（ストレスなし）をのぞむことは困難である。

ストレスをなくすることはできないが、たまったストレスを発散する方法を考えることはできる。

さしずめ、泣いたり、笑ったりするのがストレス解消に有効であるらしいことは見当がつく。人間が昔から、泣いたり笑ったりしてきたのは、実に健康的なことであったのかもしれない。

笑うのは、実によく笑う。ことに若い人たちは大声で笑う。うるさいが、健康のために笑っているのだと寛容に受け流すのは福祉のひとつである。

笑うのに比べて泣くのは、はっきりすくなくなった。人前で涙を流すのは、アメリカでは恥ずかしいこととされている。日本でも同じ傾向が見られる。そのせいか、いまの乳幼児は昔のように泣かない。喜んでばかりいられないかも。

大いに笑い、大いに泣く。それが健康につながる。

なにもしなければ
ストレスはない
はたらけば、ストレスは
避けられない
それをうまく処理するのが
新しい知恵

我慢の効用を見直す

我慢とは、感情や欲望のままに行動するのを抑制することと忍ぶことである

いまの人間は、「我慢＝忍ぶこと」と思っている。しかし、このことばに、愚痴を通すこと、わがまま、強情という悪い意味があったのは、おもしろい。この方が古い意味らしい。

どうして、そんなことになったのか、いまとなっては、わからないが、我慢の効用というものがあるのを知らぬ人が多い。

言いたいことを言わず、したいことを控え、苦しいことをたえ忍んでいれば、ストレスがたまる。我慢は体にもよくないことになる。しかし、実際に、我慢づよい人間は、りっぱな仕事をし、人間を磨くことができる。

なぜであろうか。

ストレス善用の作用がはたらくのである。

思うこと、言いたいこと、したいことを抑制し、こらえていれば、ストレスがたまる。前にものべたが、これが、心理的に、生理的に悪さをする。病気のもとにもなる。ストレスはためてはいけないが、生きている限り、よほどいい加減な生き方をしていてもストレスはたまるにきまっている。ストレスは必要悪である。

賢い生き方をする人は、ストレスをうまく発散する。いい吐け口を見つけて、そこから一気にストレスを発散する。ガスタービンは噴射口からガスを放出して動力をおこすように、充満したストレスを目標とするところへ向けて噴射し、大きなエネルギーを生ずる。精神の内燃機関の発動である。古くから発憤と言ってきたのは、このことであろう。

我慢はストレスをためるところは危険であるが、うまく発憤させれば、のんべんだらり、のんきに生きている人間の思いも及ばない力を発揮できる。

一般に、恵まれた育ちをした人間より、不如意《ふにょい》、不幸に苦しめられ、それを当たり前のように思って育った人の方が、人間として大きくなることが多いのは、この我慢のおかげであると考えてよい。

発憤すれば、
いつか思わぬ仕事もなせる

勝ったときこそ、感謝する

勝ってカブトの緒《お》をしめよ
昔の人がそう言って戒めた
このごろはそんな古くさいことは
考えない。
それでひどい目にあう
勝ったら、謙虚になって感謝する

試合で勝つと、とび上がって、ガッツポーズで喜びをあらわにする。見ていてかわいいと思う人もあるが、なんとなく醜いと考える人がすくなくない。そう思っても打ち消してしまう人も多い。

ガッツポーズなんかすこしも美しくない。むしろ、あさましさを感ずるのがまっとうである。

日本の武道では、試合に勝ったものが大げさに勝ち誇るのをいけないとした。勝っても負けても静かに一礼して去るのを美しいとした。それはいまも変わらない。それによって勝者は力を失うことがなくてすむのだから、勝者は感謝しなくてはならない。

大相撲で、優勝した力士はたいてい次の場所に不成績になるのである。なぜか。優勝して慢心、稽古をおろそかにしたりするからであるが、いちばんいけないのは、自分は強いのだという慢心だろう。

慢心を生ずると、つい威張りたくなるのが人情である。威張ると、本人は気がつかないがたいへんなエネルギーを失う。それだけ弱くなるから、次の試合には負けることになる。

第三者にとって、威張っているのが醜いものであるのは自然の摂理かもしれない。

それにひきかえ、負けた方は口惜しさをぐっとこらえて、精神を充実させることができる。次には勝つ公算が大きくなる。負けるが勝ちになる。

勝って得意にならないのは克己《こっき》心《しん》が必要で、勝つことだけ考えて、練習をしているだけでは、そういう精神を養うことができない。

さしずめ、心がけたいのは、勝っても、おごらず、誇らず、身を引きしめて、さらなる向上を目指すことである。

スポーツだけでなく、ひろく人生において、勝っても威張らない。すこしくらい成功したからといって自慢しないように修養するのがのぞましい。勝って勝ち誇り、威張るのは動物的である。勝ったらカブトの緒をしめよ、というのは、エリートのたしなみだ。カブトの緒をしめながら威張ることは難しい。

勝てば、次には負けるのが順序である。そうさせないようにするのが真の強者である。

難しい試験に合格すれば、得意になるのが当たり前、単純な人間は威張るかもしれない。試験はそうそうあるわけではないから、次に失敗することができない。何十年も威張って生きていく人がたくさん生まれる。停年でやめるころになると、かつて試験に落ち、労苦の多い人生を歩んできた人よりも虚《うつ》ろな人間になっていることがザラである。

勝てば、次には負けるのが理。
そうさせないためにどうするか

立っていたものをむやみに寝かせるな

日本語はタテに書き
タテに読むようにできている
それをヨコ書きヨコ読みにしたのは
戦後のことである
自然に反する

日本語はタテに読むのが理にかなっている。漢字を見るとよくわかる。横の線が大切である。烏《からす》と鳥は横線一本で区別される。もっとはっきりするのは、一、二、三である。ローマ数字はヨコ読みを前提としているから、Ⅰ、Ⅱ、Ⅲとなっている。どちらも合理的だ。一、二、三をヨコから読むと、視線の流れと文字の線画が平行して、たいへん見づらくなる。

そういうことを知らずに、日本語をヨコ書き、ヨコ読みにすると言い出した役人たちは、ことばを大事にする教養を欠いていたのである。役人だけでなく、一般国民も、立っていたものを寝させるのがいかに乱暴であるかを考えもしなかった。

大学もおかしい。入学試験の国語の問題をヨコ読みにしたところがあった。

さすがにこのときは一般からの批判もあって、おどろいた大学は翌年から、立ち返った。

ヨコ書きとしたのは公文書であった。新聞、雑誌がこれに追随しなかったのは、読者を考えたからで、深く考えたわけではない。

タテ書きのことばをヨコにして読めば、目が疲れる。大事なヨコ線が見にくくなるからだ。日本人に近視が多くなったのは英和辞書が細字の文字をヨコ組みにしたためである。

近年、ヨコ書きの小説が新しいともてはやされているが、情けないことである。目が泣いているのにだれも気がつかないのか。文化が低いためだろう。こうなったら、いつ、俳句と短歌にヨコ書きが侵入するか、見ものである。

立っているものをむやみに寝させてはいけないが、横になっているものを立たせるのも自然に反する。

それを人類は何十万年以上も前にやってのけた。ほかの動物が、ヨコに動く、横行しているのに、直立歩行という軽わざのようなことを始めた。知能が発達したのはそのためだと言われているが、体の中、内臓はひどい目にあってきた。ヨコに並ぶ内臓器官がタテ積みになって上方が下部を圧迫して疾患の引き金になっているはずである。せめてものつぐないとして、夜はヨコになる。牛馬は立って眠るが、人間はヨコになって眠る。病気になれば、まず、寝る、寝込むのは直立歩行の埋め合わせをしているのである。

人間に窒息《ちつそく》があって、動物にないのも、人間が立っているからである。ヨコのものをタテにするには慎重を要する。タテのものをヨコにするのも同じこと。

すこしばかり知識の教育をうけたりすると、自然を忘れる知者がふえる。知識バカがのさばるようになれば世は終わり？

政府の役人が〝合理化〟を
口実にヨコ書きときめた
おとなしい国民は
ひとことの反対もしなかった
母国語を大切にする心が
ないからであろうか

ひとりだけの〝わが道〟は、道とは言えない

勝手なことをして
自由だとうそぶく
手合いがいる

戦後間もないころ、アメリカから「我が道を往く」という映画がやってきて、日本人、ことに若い人たちを夢中にさせた。

わけもわからず、そのころ流行しかけていた自由の賛歌のように思った人も多かった。

だいたいよくわかっていないのだ。

〝わが道〟なんかあり得ない。道はみんなの歩くところ、ひとりだけ歩く〝わが道〟なんて、道ではない。公道をわがもの顔に、ひとりだけで通って、ほかの人の通行を拒んだりしたら反社会的である。道なきところを歩くのは自由だが、それでは自由でもなんでもないし、道とも言えない。

とにかく「わが道を往く」のは善良な市民ではない。

「道を歩かぬ人、歩いたあとが道になる人」

これはすぐれた日本の芸術家のことばである。名前はあえて伏せる。

無人島ならともかく、道を歩かないのは危険である。すくなくともハタ迷惑になることを考えないのは幼稚である。芸術は一般社会とちがうから、道を歩かぬのが美徳につながるかもしれないが、やたら歩きまわられては迷惑である。それを顧みないのは、悪しきエリート意識である。気取っては見苦しい。

無人島なら、どこを歩こうと自由、そもそも道などないかもしれない。しかし、無人島では〝歩いたあとが道になる〟ようなことはおこらない、ほかに人間がいないのだ。そんなところでイキがってみても張り合いがない。無人島では威張ることができない。得意になりたかったら、普通の人のいる俗界へ戻ってこなくてはならない。

すこしエラくなると、人間は、普通のことがバカに見えるらしい。常識をないがしろにする。勝手なことをふりまわしていい気になる。常識をはなれると非常識になることを知らなくてもエラい人にはなれるのだから、この世はありがたい。

道はだんだんすくなくなってきた。

田舎なら残っているが、マチでは、道路はあっても、道がない。道は交通信号がいらないが、道路は信号がないと危険である。道を歩いている意識で道路を歩くのは危険である。

人間はもっと常識的になって、道でも道路でも、気を入れて通りたいものである。学校の教育はそんなことは教えないから、教育期間が長ければ長いほど、常識という道を軽べつする。もっと普通の生き方をしなくてはならないだろう。

人のしないことをして
個性的だと
勘ちがいしている人は
良識が欠けている
常識的に生きるのは
決していけないことではない

腹八分——これが健康のもと
欲は八分では多すぎる
半分にできれば人生の花が咲く

かつては、メタボリック症候群などというものは知らなかったが、食いすぎがいけないことは知っていて、腹八分ということを言った。グルメの時代、実行はいよいよ難しい。欲望は、八分では多すぎる。つらくても、半分にへらす。「子孫のために美田を買わず」と言い切った西郷隆盛は達人であったのだろう。明治以来、そういう生き方をした人間ははなはだすくない。みんな欲にまみれ、ものが見えなくなって地獄を見る。

さきにも引き合いに出したＮさんは、戦後の成功者として第一級の人物である。小さな商店を一代で、日本屈指の流通業の大企業に育てあげた。

ただ、すこし欲が深すぎた。自分のつくり上げた事業を、わが子に譲ろうとした。世襲はすこしも珍しくない。親として仕事をそっくり子に譲りたい。相続させたい、というのは人情で、すこしも欲ばりではない。

社会的影響のすくない世襲、相続は問題にならないが、多くの従業員をかかえる企業ともなると、親の欲にまかせた世襲は慎重にしなくてはならない。

Nさんの子はそれなりの人間だったらしいが、父親に比べて見劣りする。それを心配する声もあっただろう。Nさんはムキになって、美田を残そうと心を砕いた。外部から支えになる人材を招き入れたが、すこし力をつけると社外へほうり出す。子を思う欲に目がくらんだのである。

すこしくらいの聡明さでは、欲目が見えるようにはならない。Nさんは、世の中から見限られて自分の地位も守ることができなかった。かりに欲半分にできたとすれば、すくなくとも、みずからの晩節をけがすことはなかったと思われる。

人のことなら、欲半分などなんでもないようだが、いざ自分のことになったら、欲八分だって容易ではない。死んだつもりにならないと、欲から脱却できない。欲心を半分にできれば、人間は神に近くなっているのである。しかし、欲半分は美しく生きるための目じるしにはなる。

わが子に事業を継がせたいという欲が
晩節を汚す

心を映し出す、合わせ鏡がほしい

えらそうにしているが、人間は自分の姿を見ることができない。それで大昔から鏡というものがある。三種の神器のひとつも鏡だ。ところが、鏡で見えるのは自分の前面だけ。後ろ姿を見るために後ろへもうひとつ鏡を置くことを考えた。

ある学者は若いころから、小説を小バカにしていた。あんな作り話、なんの役にも立たない、文学青年をこしらえるのが関の山。文学青年は四十歳の関所をこえられず、老いる。そんなことを言いふらして文学好きな人たちからきらわれていた。

その人は、年をとって、考えを変えた。

文学作品、小説、詩、演劇はそれ自体の意義はとにかくとして、意外な効用のあることに気付いたのである。

前にも書いたように、人間の目は前方を向いている。ひとのことは見えるが、自分のことは見えない。たいていの人間は、そのことを深く考えないで一生を終えて幸福である。

すこし懐疑的な人が鏡を必要として、それをこしらえて、わが身をふり返る。

鏡が映し出すのは、外見である。姿だけであるから姿見、と言うくらい。

心の世界にまで、みずからの姿を見る鏡がほしい。幼いときからの勉学はその鏡をこしらえるものであると言ってもよい。昔は、はじめから論語などを学んだ。りっぱな鏡である。

ところが世の中が進むにつれて、わけのわからぬ古典を学ぶことを不可として、おもちゃのようなものを与えて教育だと言った。昔は十有五《じゅうゆうご》にして学に志すということができたが、近代教育はついに志というものを授けない。がむしゃらに前進するか、墜落するか。みずからを予見することはない。

そういう自然人間も、失敗、不幸、痛苦に出会うと、内省的になる。鏡をつくるようになる。自分を見出《みいだ》すことができて、人間的に成熟することができる。

これまでの人間は、ここで止まってしまっていた。自分の前向きの姿を映し出す心の鏡を得て、わがことなれりと満足してしまう。いくらか幼稚である。前向きの姿だけでは充分でない。後ろ姿を見る鏡がほしい。合わせ鏡は、女性が古い時代に考えたことで、男はのんきに前鏡だけで足れりとした。

後ろ鏡がなくては人間の深みが生まれない。そう考える人は、昔からなかったらしい。文学は、別に、はっきりそうと考えたわけではないが、心ある人にとっては後ろ鏡の役を果たす。人間の醜いところや悪徳をあからさまに出す。それをまねたりしてはコトだが、後ろ姿を見せる鏡として読めば、意外に人生的価値がある。そう考えると、文学が有用なものであることがわかる。さきの学者は、老年に達して、ようやくそういう発見をした。

ただ、そういう文学にも、泣きどころがある。人間の生き方、生活、経験を充分に反映していないことだ。

その点で、ザンゲ録はいい。しかし、大勇のある聖者でないと、ひとの心を動かす鏡になりにくい。ザンゲ録よりもっと人生価値をもつものが、失敗、転落などをテーマにした伝記的読みものである。

成功物語はおもしろくもないし、役にも立たない。挫折、転落、むくわれない労苦を伝える文章がなぜもっとあらわれないのか。

合わせ鏡を使うことのできるのは進化した人間である。

心を見る鏡なしでも
人間は一生を
終わることができる
心の合わせ鏡など考えるのは
余計なことだろうか

判断力を支える〝考える習慣〟

名前だけで判断するのはまずい
目で考えてはロクなことがない
考えるために頭はある

「日本人は目で考える」

という名言を残したのは、さきにも書いたようにドイツの世界的建築家、ブルーノ・タウトである。それから百年ちかくたった現代、日本人はすこし進化？したのか、

「名前で考える」

人がすくなくない。なにごとも、中身は問わず、名前で判断するとまずいことがいろいろおこる。

有名レストランで食材の偽装表示が大きな問題になった。

伊勢エビとメニューにはあるのに実際はタイ産だったりする。有名デパートでも、産地を偽った食品を売っていたという。あとから、ウチでも、実は、と申し出るところが続出、にぎやかなことになり、消費者はハラを立てた。

商売する人が、悪いと知りつつ、そういう不正をするのは、ゆがんだサービス

であるかもしれない。同じでも伊勢エビなら客は喜ぶ。正直にタイ産だとすれば、まずかろうと思う客がすくなくない。客を喜ばすのがサービスだから、産地を偽る、ということになる。

客にしっかりした判断力がない。伊勢エビとタイ産エビを味わい分けることのできる客はほとんどない。ならば、名前で喜んでもらう方が、客も店も好都合、となる。

食べものを目で食べるくらいだから、服飾品などでは、ブランド品を買う客がわんさといる。それを見込んで偽ブランド品があふれんばかりになる。いっぱしの理屈をこねる人たちでさえまんまとひっかかる。

どういうのが高級品であるか、見定める力がなければ、ききかじりのブランド名をたよりに品えらびするほかない。抜け目のない業者がそれを見のがすはずもない。偽もののはんらんする社会になる。

食べものや服飾品で、名前、ブランドによる選択をしても、影響は個人の範囲である。目で食べても、名前で買っても、いわば自業自得である。

そうはいかないこともある。

選挙だ。本当のことはまるで知らないのに、知名度、評判、風貌《ふうぼう》などで一票を投じる。それが少数であればともかく、半数を超えるとなると笑ってはいられない。デモクラシーの政治が一向によくならないのは、名前で選んだ政治家が多数を占める危険が大きいからである。

やはり、頭で考え、目でたしかめ、話をよくきいてからでないと、選挙で選良を得ることはできない。本当に能力のある人材は、選挙に出ることを避ける。

本当に、選ぶ力をもつには、どういうことをしたらいいのか。

学校でも、ただ、ことばや名前などを詰め込むのではなく、自己責任で、善悪、良否、美醜を見きわめる判断力、識別力、それを支える考える力を育《はぐく》むことを心がけないと、知識バカをふやすことになり、社会は衰弱する。

目で考えるのも悪くない。名前で選ぶのもやむを得ないが、大切なのは人間としてあるべきことを自分の頭で考えることである。

デモクラシーで
世が良くならないのは、
名前だけで政治家を選ぶからだ

著者略歴

外山滋比古《とやましげひこ》

一九二三年、愛知県生まれ。
東京文理科大学英文科卒業。
お茶の水女子大学名誉教授。
『英語青年』編集長を経て、東京教育大学、お茶の水女子大学などで教鞭をとる。
専門の英文学だけでなく、言語学、修辞学、教育論、ジャーナリズム論など
幅広い分野を研究し、多くの評論を発表。
また、軽妙なエッセイにも定評があり、多くのファンをもつ。
二〇二〇年、九六歳で逝去。
『思考の整理学』『「読み」の整理学』（ともにちくま文庫）、
『ちょっとした勉強のコツ』（ＰＨＰ文庫）、
『乱読のセレンディピティ』（扶桑社文庫）など著書多数。

幻冬舎新書 672

90歳の人間力

二〇二二年十一月三十日 第一刷発行
二〇二二年十二月十五日 第二刷発行

著者 外山滋比古
発行人 見城 徹
編集人 小木田順子
編集者 鈴木恵美 小林駿介
発行所 株式会社 幻冬舎
〒一五一-〇〇五一 東京都渋谷区千駄ヶ谷四-九-七
電話 〇三-五四一一-六二一一(編集)
〇三-五四一一-六二二二(営業)
公式HP https://www.gentosha.co.jp/
ブックデザイン 鈴木成一デザイン室
印刷・製本所 中央精版印刷株式会社

Printed in Japan ISBN978-4-344-98674-9 C0295
と-5-1

*この本に関するご意見・ご感想は、左記アンケートフォームからお寄せください。
https://www.gentosha.co.jp/e/